U0019579

"Mini Me"

一鋪上被褥入睡
我和「我」就變成了〈閃耀宇宙的碎片〉

—— 谷川俊太郎

名家推薦

「喝我」，愛麗絲喝完它後縮小十英吋

　　柏煜的詩有引力，來自物理，也來自端詳、耐性與指揮。但輕巧像假裝不負責任的造物者，公正、清潔、神祕，是自己也變成樂高的小閻王。如果犬系詩人把肚子翻出來，有點可愛，也有點可疑。他把玩具並排、堆高、翻面、蓋布袋（你看有東西凸起來了）、複製、碎形、縮小、一頂再頂……我生氣說東西都被調包了啦！他留下一張紙條（的倒影），告訴我地球的尺寸，又拿一把剪刀去微縮／維修（上一個或下一個）愛人的小神壇了。

—— 馬翊航

吹泡泡分成兩種，一種是肥皂式的塗上有濾洞的吹管，另一種是黏膠式的塗上塑膠吹管。後者聽說會殘留毒性，傷害孩童身體。但它所吹出來的泡泡是遠比前者堅固、不容易破的。它用些微的毒性和黏性換取了自身的堅固。

　　讀陳柏煜的詩同時給我這兩種吹泡泡的感受。

　　肥皂式的接近童話的直觀隱喻，例如：「調皮的水的手，呵癢蔬菜／小水手，在懷裡不斷翻身／越笑越綠越翠」。以及豐富的月亮意象：「月亮掉下來就不亮了／取下燈泡／我端詳玻璃球裡的芯」、「羞怯的冬天的月亮／不習慣被注視／一件實用的家具」月亮作為衛星，坐落在俄羅斯娃娃般的宇宙，不斷掏取出來，看似越來越小，卻增益著光年與深度。

　　黏膠式的接近成人的纏綿敘事。例如先是兩人爭執淹漫的洪水，延展到那道歉的手影，手影變換出鴿子，和平的止戰之殤。或是凝視校園操場上的一隻鷺鷥，牠們正等待著被水逼上來的蚯蚓，自然界的食物鏈奇異地中斷了觀者心尖如蟲鑽湧的悲傷。

　　你喜歡吹哪一種泡泡呢？我曾見過公園草地上，主人吹著肥皂式泡泡，小狗興奮地跳躍起來，把一個個泡泡吃掉，說是無毒的不要擔心。但黏膠式泡泡幾乎少見了，他們說傷小孩的身體，小孩不信，喜歡拍球似的彈跳它，凝視它堅固球面透露的——心蕩神馳的彩虹。

——神神

《弄泡泡的人》和《mini me》是偽裝為雙生子的人格獨立者，志向亦大異其趣。《弄泡泡的人》藉由相對完整的敘事滿足了讀者對人物輪廓與細節的欲望，《mini me》卻透過詩的歧義，更加成就了「我」內在的豐富曖昧。

——孫梓評

詩集《mini me》裡這些「迷你蜜」、「迷你祕」、「迷你謎」……的詩，語言鮮活，詩思奇譎，向我們顯示陳柏煜是一位值得引頸、按讚，迷你、迷我的迷人的詩人！

——陳黎

詩很重直覺，但往往又害怕過分直接，柏煜的詩卻既直覺又直接，我把玩著這迷你精巧的別針，感覺它如此適合別在心臟，刺在胸膛。

——騷夏

序——
與「小我」仿訪談（但給瘋狂插入）　黃裕邦

Q

《mini me》用了大量跟身體和觸覺有關的隱喻，但同時又衍生了一陣無力感。如果身體是小巷，又有哪個APP可以充當導航，讓讀者可以了解作品內的慾望？

A

「抓住那支堅硬的閃電／和大地垂直的旗桿／一串連續的聲音／樓梯木板、鞋子，行李／銀色的鑰匙乾脆地插入，轉動」

——〈驚蟄〉

Q

是意味着要占領，不分割嗎？

A

「你用手指確認整件皮膚／讓我的吻

成為你的衣服」

——〈肥皂〉

Q

詩集內很多觸覺為主的意象，很想和外界連結，從而對「自我」作出定位，好像是唇亡齒寒的關係。

A

「你不甘一粒甜脆的牙齒／你愛那白裡的小黑洞」

——〈牙齒〉

Q

你迷信嗎？你怎樣看信仰？

A

「水就流了出來……聲音從那一端／
流了出來，碰巧／成為我的第十個水
龍頭」

——〈我有十個水龍頭〉

Q

《mini me》裡很多空間是潮濕的，這樣的空間很容易生病。你覺得空間感冒時會出現什麼徵狀？

A

「柔軟起來……期待……我與你分
開……默默守護著那些還沒破裂的／
欣喜與感傷」

——〈現在，或者把門反鎖的時候〉
及〈弄泡泡〉

Q

對你來說，二十二世紀是什麼？

A

「一隻斑馬走在另一隻身體裡面／就
像由一系列照片、一系列當下組成的
你／就像從欄杆另一側窺視，黑白相
間的眼睛／真值得為這點一支蠟燭！
因為你對我笑／露出牙齒⋯斑馬也是
隻籠子呀——」

——〈斑馬〉

Q

可否形容一下你跟家人的關係？

A

「膝蓋抵著又硬又涼的斜坡」

——〈大象〉

Q

有些作品沉醉於空間替換之間，想逃出去到後來發現原來是被鎖在原地。你覺得旅遊跟身體有什麼關係？

「風是有腹肌的／壓上來」

「電梯裡沒有攝影機／我們可以擁吻

進房間」

　　——〈初冬〉及〈初冬II〉

Q

返回和前進，你會怎樣選擇？

A

「未來與過去對稱／常常，遠遠地看見」

——〈倒退的旅行〉

Q

最後，所有小我都被輯錄，再溫故知新時，你會對他們說什麼？

A

「試圖留下多一點凹陷的足跡：／這也是詩人的命運」

——〈離開北極〉

黃裕邦（Nicholas Wong）

二〇一六年憑藉英語詩集奪得美國 LGBTQ 文學獎 ——
Lambda Literary Awards 男同志詩歌組別首獎，同年榮獲香港
藝術發展獎藝術新秀獎（文學藝術）。著有詩集《天裂》（水煮
魚文化出版）。

驚蟄

你
橫躺著如一片大理石般的雲
抿藍灰色嘴唇
像一張不願移動的桌子
閉起眼睛感覺赤裸
如一片長著石南的大地

小石子見光的肚腹怕冷
貼地的背微微流汗
眼前幾乎不起伏的海
像捕獸器

突然抓住那支堅硬的閃電
和大地垂直的旗桿
一串連續的聲音
樓梯木板，鞋子，行李
銀色的鑰匙乾脆地插入，轉動

1
我有十個水龍頭

肥皂

你的吻是黑色的
熱水在身前身後游走
一隻靈活的鼬鼠
檢查鏡子裡的人，眼睛、鼻子
都是那時與你相見的模樣
只有那黑，一塊掉落的夜
在有月亮時疼痛
又彷彿是與生俱來的痣

我只能是白色的
一塊肥皂
遇水則化，遇到你
你用手指確認整件皮膚
讓我的吻成為你的衣服
遙遠的空氣擁抱
為你帶走身上辱罵的皮屑
疲勞的角質，讓我們遠距離
也可以乾淨清潔

橙子

黃色的門
彎身抱膝
有一個青綠色的鎖孔
鑰匙在房間裡延展
淋漓的銅，酥軟的牙齒

　　你的門，你身體的反面
　　翻到外面敏感的晾著
　　透過肚臍，有一隻微小的橙色的貓
　　由內向外，仔細的觀察我
　　我可疑的筆直的刀子

牙齒

接吻通常不干牙齒的事
可是愛
有時是發音的問題
有時是咬合的問題

質問與懷疑吐不出口時
便蛀在牙齒上
沒人看出你
忍不住
用舌尖抵進去

即使淋漓滿臉
你不甘一粒甜脆的牙齒
你愛那白裡的小黑洞

吐司

早晨
眼皮還疊在一塊兒時
他已經騎車離去
桌上留下字條
火腿夾在中間還是熱的

在牙齒觸到
烤得剛剛好的句子時
你期待將要發生的事
也默默決定
要這樣輕輕的愛他

我有十個水龍頭

有九個水龍頭，分散
屋子各處。像古怪的小吊飾
也像鎖與鑰匙。蓮蓬頭下
一串接著一串的耳語
陽台邊的小嘴巴，自動
洩漏祕密。流理台上
銀色小伙子低下頭來
和茶壺接吻，再伸出
柔軟的透明手指
挑逗萵苣。瓦斯爐
冒出眼淚，冷氣機這時也
哭得像水龍頭。大太陽下
小屋發燒又臉紅

打開水龍頭
我要沖沖我家的小狗。尾巴
搖搖，舌頭晃晃
牠是另一個小水龍頭
我追著牠──手中的水
弄濕陽光，鞋子，草皮──
牠追著我。喔，可愛的，
我臉上，都是水珠，耳朵後，
鼻子上，睫毛，
都是滾滾的小球

牠興奮地把假日
叫得比節日還瘋

我要水，水就流了出來
整個城市的大樓
所有牆壁，全溢滿
快樂的水泉。向不同的
方向，打開，靈感
不怕浪費地流呀流
各種彩色的衣物，在空中
游呀游。水笑了起來
全城的人都笑了起來

家裡的自來水
自主與不自主地唱起
混聲合唱。也有的
使用朗誦，他說：
嘩啦啦啦，嘩啦啦啦
今天，讓所有器皿放假
讓所有小孩回家
我要一朵白雲的
氣球。還有另一隻
和我家狗兒作伴的狗
你的聲音從那一端

流了出來，碰巧
成為我的第十個水龍頭

Sub-way

以下是一種次級生活：

被子深如海，一物
潛艇般冒出來

進烤箱前
在麵包上沾穀麥
你用親吻發起來

水龍頭跑出小孩
搭自來水上班
調皮的水的手，呵癢蔬菜

小水手
在懷裡不斷翻身
越笑越綠越脆

臉頰上沾水珠
如灑出來的字母
想說但還拼不出來

例如：黃芥末，多像
一束美麗的花——
在嘴裡打開

玫瑰

1

你的心是玫瑰的形象
三重複瓣的考驗

閉塞，有病識感
梗住如一座城池
最紅的情感
在邊緣循環成河
含苞不被看穿

總讓他如此懷想
在清晨中，刺是美的
如騎士的寶劍
傷口也高貴
在清晨前要被採擷……

2

眾人愛那說話有花的人
香氣促使他們接連盛放起來

只有園丁
觸摸你舌頭上的黑刺
花期未至
卻提前吐露了：

他只負責種花

你只喝水

過橋 I

通過魚的嘴進入夜的脾胃

騎車過橋
魚刺形橋身不帶血肉
橋邊好大的一隻貓
在枯萎的水邊
是芒草與太茂密的黑暗
意味深長的蹲著
橋下
牠的瞳孔在河面放大又縮小
那看不出飢餓或飽足的
月亮在河面上輕浮
它看
是誰從橋上經過？

（一條細而發瘦的筋懸宕著
　我們騎獨輪車過鋼索
　拉伸橫跨兩岸的大腿與小腿

　一併沉默忍受與共享
　從甲地到乙地
　必要的運動與疼痛）

橋頭，併攏一箭穿心而過
我和你輪流
不斷穿透彼此
經過一盞燈
就吞吃彼此一次

箭形如魚，鋒利見血
我扣著你的腰精實地運動
可是在移動中
又維持端坐放鬆的樣子
貫穿其中的愛情
是白而且硬的脊椎

在完全通過之前
風是帶磁的針
從未來不停投射過來
一些刺痛我們
一些
附著我們，如銀刺蝟

II

飛越冥王星

過橋 II

夜晚是一尾黑鰻魚
窩在宇宙的河底
其中一枚石頭是我們的地球

沉落的橋在河底扭動
彷彿一名溺水者
泥沙與氣泡如行星
繞著他的臉

總感覺另一名自己
沒有落下水來
那座橋多麼憂愁
趨身，凝視天空的裹屍布
眼睛對著眼睛

我們的地球被拉成平面
也會是一條河
打河邊經過的人
都要剪斷燦爛的水面
夜晚就是這樣的一把剪刀

飛越冥王星

那些他所愛過的人
在記憶裡排列成行星
以不同的週期、軌道
互不相涉地
如天使光環
如群蜂飛旋
他憂愁多皺摺的腦袋
是一朵複瓣的花

當最初至最後被觀測到的
一一到齊
他關掉那隻發光的眼睛
在冰冷的激流中
橙紅的魚卵
忡忡地滾動，埋在襪底
頑固多疑的小碎石
還有那碩大無朋、無以名狀的……

在他愛過的人裡
將有一位被除名

奧菲斯

我們的愛裡有一條毒蛇
躲在你文字抽屜，遊上牆，爭吵時
爬進我的脊椎；
在那些抒情詩般的午後
我們握著花繩
跳舞
在地獄裡三次穿過你搭起的橋拱。
然後你拉開直線，放開手——那麼
不要說話，不要道別
不享受痛苦，不要在未來
被砍了頭顱
仍不斷呼喚我的名字
我擅於反悔的愛人
這次沒有「回頭再說」；
記得：我送你上車
閘門關上，明亮的車廂衝入黑暗
最後一刻才瞥向月台——
我每次都站在那裡

連月亮都只有一面向著地球

之一

他小時候
蒐集玻璃彈珠
他想像一些飛快滾出的月亮
通過遊戲機台
他想像
刮痕玻璃裡看不到的位置

也想：口袋還有多少銅板
如開獎的彩球
命運也在口袋裡不停滾動

他摸摸口袋
小時候不窮
遊戲不窮，玩伴
一個接一個：
後面一個擠掉前面一個

認真想取出來
或用代價交換
資格取消也是一瞬間的
相同人臉的銅板
躲到彼此後面

連月亮都只有一面向著地球

他想像自己
用手指遠遠把它撿回來
放在手心上
一粒藍色鴿子蛋
握起來，把它從世界隱去
形同閉上眼睛
自鳴得意的時候
眼睛正開始月蝕

之二

當霧從乾枯的河床流下，在山坳囤積
當冬天從泥土裡滲出來
擦去我的腳印，重複蚯蚓做的事
畫一些掩飾的圖型

只要一察覺寒意
記憶就被掐成一小段
種在積水的山坳；察覺寒意
後腦杓便出汗如水蛇
水蛇游走在黑色草莖底

這時，我是被蚯蚓犁過的土壤
不可置信，也無法否認：
那再也回不去
讓人後悔的夜晚
月亮也是用同一面看著我

之三

上山的時候，一般建議走這一面
如此，你可以看到秋天轉身離開──
菅芒的枯草色，由紅轉白的穗
長在地表的這一面；根，另一面
一般情況是看不到的

洗衣服的時候，不嫌麻煩
就翻面吧，保護比較甜美的那面──
背向太陽，內向而滿臉陰影
在果核的裡面；你裸露的身體
圖案是看不到的

照相的時候，多數人習慣轉右臉或
左臉，比如你，就是習慣左臉──
面對未來的凝視，由白轉紅
那時秋天才剛到來；一切過去的時候

我會把你翻到背面

之四

科學家告訴我們：
月亮只有一面向著地球
那麼也請告訴我：咖啡在櫻桃裡
是什麼表情，櫥窗蛋糕在烤熟前
是什麼顏色，告訴我

當人們因為工作而離開時
他們的貓都在做什麼，牠們會想
那送飯的傢伙
去門的另一邊幹嘛，還是
乾脆變成另一種生物？

非常可疑的是，每天通勤時
都是同一節車廂停在同一扇門前
還是，不容懷疑的
即使彼此掉包也不可能有人發現？
車廂會發現，今早某某人
因為昨夜不新鮮的海產
遲到或早退了嗎？

如果可以的話，家庭主婦們的少女時代；
如果可以的話，她們丈夫十六歲那年
初戀情人的少女時代
不用告訴我如何生孩子而保持童貞——
告訴我，孩子如何能夠生孩子？

不介意的話，說說看：失業的科學家
做了街頭藝人還是電競選手？
當你等著咖啡、切開蛋糕
一本正經地說：我愛你
我要如何理解這句話呢就連
月亮都只有一面向著地球

現在，或者把門反鎖的時候

《男身》與《弄泡泡的人》輪流發言

1。說著，就拿起鏡頭來了

曲起來如你的睡姿／鏡頭，固執又叛逆／小小的甜蜜的拳頭／
前後。遠近。大小。高低。／

熱戀中的我們／纏成一束／一派自然的綠／我們靠得很近／
整個山谷靜極／像是被手電筒照到／

一種尷尬／美麗而多彩／我們只是偶然相逢／輕輕的咬著／
慷慨地潑灑／

唯一跟你留下來的／也就是你看到我放在書桌上的／幾乎像假
的／那一張／蜿蜒出來／在我腦中重複曝光／

兩隻夜行性動物／一場偽裝／你將你柔軟的舌尖輕貼在它的背
面／我由衷地向萩原道謝

2。祕密就開始長成了一顆果實

隨意切割／對於彼此的重要性／盛裝在皿中／也就柔軟起來／
就像命運的巧手安排著我們／又淺又薄／無法理解的感傷／

極狹窄，僅容一人通行／光的小傷口／隱密，但是相通／被枯
葉覆蓋／洞裡／快速輪替／曖昧色調／在我黑暗的夢境裡

我們的入口，是別人的出口／好像沒有誰有選擇權／虛線／站
了一隊又一隊的遊客／走到百枚皿／檢查我們的四肢／源源不
絕，愛的汁液／相遇時用母語高談／「有光，是陽光！」／
「不要重複」

3。在微涼的秋天，我和夏生騎著我破舊的山葉１２５，興致
勃勃地上了山

耍賴像一團廢鐵／你會試著開始一段新的感情嗎／我想去山
上，你說你可以載我／登上一處平台／擺明不想離開／愛情面
前／我們第一次正式出遊／在迴繞的山路中／感覺得到他們從
後面一隻接一隻鑽出來／拉著我走進芒草叢中／起死回生／薄
薄的月光／乾淨而暴烈／踩踏出一條窄窄的小徑／地上的枯草
莖全是濕的／被許許多多人的臉掩映／末端滲出／那個小小的
手勢／我看不出裡面是幹嘛用的／你曾聽過那首歌嗎／我們永
遠都不會停下、不會悲傷，也不會死去／他最愛的歌／紅得令

人難過起來／話題被迫告一段落／繼續拍芒草／照明的路燈／
憑空消失／破車流利地滑行

4。床鋪是我最喜歡的遊樂場

我們把這種遊戲叫做：「仙女」／把四個邊向內摺起來／打扮
成女生的模樣／

透過機關的小孔瞇著笑眼／小時候玩的那種遊戲是／將手伸進
口袋／人形燒遞給房東太太／

跳上跳下／特殊氛圍／

如同我一再強調的／向來是大多數人們的夢想／每個廣場、高
架橋、公園／有人相鬥／截斷了之後仍繼續生長／有人受傷／

放在裡面／輕功一樣／此時此刻／煞有其事／
打死不願面對／要好的鄰居／屁股底下的寶藏箱／
模仿電視上的情節／吃力練習待轉／赫然發現：
那竟分明是道地的／**kymco150**／
躲入洞穴，以內力傳功治療／
布朗的背面就變成了音樂

5。你的眼神寫滿納悶

夢中不自覺抓破／歪歪斜斜的兩條線／沒有事情要發生／在陽光升起的刹那／沒有人看得見我，連我自己都不能

迂迴曲折／睡意全無／我說我們要愛到永遠／他不開心／難道就真的會永遠？／毫髮無傷／沒有上班／鬧鐘沒把我吵起來／關鍵詞／擠滿青苔／任何可以回答你的字眼／透明清淺／只能擁有當下啊／不知蹤影的鳥／你好嗎？／一只天藍色／持續震動了幾次／電話給你／我有權利／我期待

時間發出微弱的聲音／天氣已經涼得很均勻／有人打開燈／難以言說／很野／你的溫柔／再過個彎，就要下坡了／電話鈴聲像是死了一般／額頭、眼角、兩頰／往偏旁的一處空間／側身通過百葉窗／離開學校／黑褐色的／傷心的晚餐啊／他是第一個。他倒數／你慷慨答應

弄泡泡

。
我與你分開
（獨自掉入黑暗的隧道
在一張大桌子的底下）經過
公園的草坪，同時欣喜感傷；
因為我看到一群孩子
在天空進行一場泡泡的撞球
我默默守護著那些還沒破裂的
欣喜與感傷

。　。

我有一面說謊的魔鏡
我投入斧頭：
它的表面鼓起水銀的泡泡
伸手遞給我金蘋果

。　。　。
春天
海岸的綠岩石
你蹲在其中一塊上頭，對著圓圈吹：
泡泡都送上了風的輕軌
你圓圈的吻都在車廂裡面，駛向大海；
我也在裡面，和冬天一起

擠在最後一節車廂
回望你

。　。　。　。

週日的午後，
我目睹一幕難以把握的景象：
一對姊弟。紅洋裝的姊姊拿著小棍子，鼓圓
臉頰吹出一串透明泡泡；還沒高過噴泉裸體小
天使的弟弟，同時一口吞下發亮的冰糖葫蘆。好
像從隔壁美術館扛出的寓意畫。
我到附近草地鋪好野餐墊，完全躺下來。
我的上面鋪好了陽光，並第一次感覺
野餐墊下的地球無人知曉的轉動。

。　。　。　。　。

當你將泡泡
剝一顆橘子般打開
才發現那透明的果肉
是遠方的空間
是你們曾經許諾給彼此的：
「 」

簡單的歌

夜晚，太陽是一隻針鼴

在地底下挖掘，努力想通到另一端

我的心沉重，卻無法像果實

從身體掉落，它也沒有爪子

學不會挖洞的技能

我只能寄望

一丁丁被刨起發亮的土塊：

「請引領我的心，在上面綁一根麻繩

它是一塊石頭

拖著它通過未知的黑暗；

請引領我的心，在上面綁一根草繩

它是一塊豆腐

拎著它穿越黑暗的樹林；

請引領我，星辰

帶帶你的兄弟吧

飛出樹林，就像你從地表彈出

我的心也要與自己的身體分離！」

直到在我身後

心的面紗，黑暗的夢境

被掀開，光拉起一面立滿細針的毯子——

啊，破曉！

你從哪裡吹來一陣風，把落葉都吹下

你吹了多大的一口氣呀
星辰都從支撐黑夜的肋骨落下了

遠方，傳來一首簡單的歌：
「天上的雲
白色輕盈的歌手
這時你知道要和我一起唱
地下的月亮
白色沉重的歌手
這時你知道要和我一起唱
身旁的小狗，路旁的花
紅色的、綠色的、黃褐色的歌手
不約而同的成立合唱隊吧！」

斑馬

過了十二歲
每個人都是一隻斑馬
當喜悅與悲傷的記憶
逐條註記下來
排列出獨一無二的斑紋

過幾年，豔陽也可能使人鬱悶
暗影則讓人配上一杯咖啡
一塊檸檬塔；有時你是隻白馬
有時你是隻黑馬
走在光影交錯的樹林間

在十八歲的時候
我得到一個愛人，還有一幅夜景
夜景裡面有月亮
月亮就是那塊亮紋
而它的暗影就在背面

有幾年，就像數道眩目的閃電
幾年，或幾小時，被狠狠揍了一拳
聽說，一道深色的斑紋劃過你的臉
聽說，流星雨來的時候
你忍不住流下一行眼淚
然而這不是很美嗎——

即使瀕臨絕種，或某種角度
繁衍過剩
即使躺下來打盹時被當作斑馬線

即使被抓到動物園裡
即使出生在動物園裡
無知於世界之內與之外的差別
不也是件蠻酷的事嗎——
因為籠子也是隻斑馬
你，重覆出現、隱沒
出現在欄杆之間
一隻斑馬走在另一隻身體裡面
就像由一系列照片、一系列當下組成的你
就像從欄杆另一側窺視，黑白相間的眼睛
真值得為這點一支蠟燭！因為你對我笑
露出牙齒：斑馬也是隻籠子呀——

夜曲

月亮掉下來就不亮了
取下燈泡
我端詳玻璃球裡的芯

月亮不亮的那面
密密麻麻擠滿神祇
以及祂們在後台排隊的椅子

背光的我蹲著吃石頭
墜落的陰影是爽脆的。岩隙裡
滲出甘美的泉……

發亮的石頭
眼鏡放在置物架頂
蹲踞的背影十分清晰

Ⅲ

探訪

溫柔縮小之事

你的眼睛閃亮起來
看到溫柔的
縮小的事
抓住你的指關節
像隻金絲雀
聽到未解決的和絃
踟躕、擺盪
從相片中
（都縮小了，才收得進抽屜裡）
向外面盪去
設法抓住未來的自己

你看到他
在只有天空、只有幸福的時刻
跳出去——微笑並且閉上眼睛——
你來得及化身童年的遊伴
在遊樂場外接住他嗎？

使他免於青一塊、紫一塊
難以揉開的傷痕
轉印在你的指關節：
它扣得你發疼
可是溫柔之事
特別小
總在流淚之前就飛走

公鹿

他的妻在杉林裡
他的妻在霧生的苔蘚上睡了
整座森林最寬廣
盛裝最滿的角
每個分岔的盡頭
都睡著一名瑩光的精靈

他踱步
繞杉林一周
每一個房間
窄小但已收拾齊整
他的妻在被窩裡弓成圓形
也是小的
他看他的妻無意地拉一拉
擁在懷裡，呼吸發熱的被單

路過的每一扇窗
布滿溫柔的陰影
布滿杉林緩慢生長的角
不要敲門
不要敲開那些夢
月亮跌落下來時
給他輕輕掩住嘴巴

父子

父親負你——
小兒子，這麼小的手腳
纖弱豆芽的莖，從他肩上冒出
這麼小的翅膀
小的可以省略的裝飾音
父親的肩是褐色的
你的臉是內向的綠色

「夢裡上下跳躍的小鹿
沒有角，不能衝破
彈性充足的矽膠。」
這麼酣然的睡著
彎在軟包袱裡，背上的子宮
父親負你，走動時規律地上下
那些粗糙的石階就過去了

他一心向前
背後全是被沒收的
空的墨水筆，背上是你
一路從背包裡掉出銅板
父親那龐大錯綜的角
乾裂缺乏雨水
變成一枚發白的蟬蛻

一聲消音的叫喊。孩子驚醒
就不敢再閉上眼睛了
父親笨拙地走路，不回頭
你好奇拿起墨水筆
遊戲，塗白他的頭髮
父親欠了欠身
你高舉的手也是一種角

之後他彎下身來
和灰白的腳趾親吻。
這是個完滿的圓。
你的手腳早已伸到地面
如榕樹的氣根
父親負你，至今不願放下

母親與她的生日

1

原來，月亮之外還有月亮
俄羅斯娃娃的宇宙，我和妹妹
住在其中一層之上。在安靜
在黑色的海裡，星球太不留心
不斷膨脹，變薄，色彩變稀
她的臉浮現木頭的紋路
在安靜的裡面，小的娃娃
連她的臉也還是小的
色彩的初吻還沒被取走

2

所有新生的都該被親吻
每年都把自己包裝成禮物
她幫妹妹紮頭髮
她把月亮重新掛起來
月亮上有一排指紋
一排肥皂水的浮水印

3

我們看頭上的榛果殼
被告知不能説話
殼裡是她的備忘錄
背面的紋路被遺忘了

我以為那就是天空
倒影完整的湖面
我在地表上大步奔跑
妹妹趴在地上，為地底的核
拓一張畫像

4
她的生日，底下開滿了花
每朵都錄著一首生日快樂歌
月亮的裙襬走過時
同時播放出來

其他的日子她不在場
熨斗燙平的歌曲，堆疊
反覆樂段，如月亮的升降
只隨季節偶爾改變調性

5
地上的草是白色的皮毛
好多兔子，只伸出他們的耳朵
她專心的聽
我們吃奶油蛋糕的聲音
榛果口味的兔子
她機靈又敏捷的愛

我們看著電視
一不留心，就把她的生日
一口一口吃掉了

6
羞怯的冬天的月亮
不習慣被注視
一件實用的家具。

從她的頭髮裡，飛出一群蜂鳥
每一隻都有鮮豔的色彩
我停下來看
她與小時的她，有美好的歌聲
那一排的花都唱了起來
妹妹輪流親吻她們

探訪

都在那蒼茫的口腔內
已經說不出口，於是就汽化了
那四面絕壁的山
僵硬的舌頭
突兀直立的牌位
上面該鑲嵌兩架電梯
輪流閃過攀升的數字
不很確定的
如燒出紅與黑的碎紙片往上升
上面還攀附許多人
兀鷹，還有大部分是沒有臉的甲蟲
頂端有一罐甜蜜

都上去了。平台上無止盡奔走的
祭品，大紅色盤子
黑色聒噪的長羽毛。
巨大幽閉的鳥籠
兜攏著他的兒子，孫子，
兒媳婦。稍後就是聚餐。
烏沉香依序點紅一輪寒暄
紅就要黑吃完了，挺身再
嚼一嚼。滿石頭地都是灰的癌

再上去。鳥籠的絕壁
是細長高聳的喙，裡面的蟲
螺旋排列沿舌頭
咒與經文都被雨水蝕平了
念珠在口腔裡來回滾動
就更上去了，例行、無聲、對神明的祈禱詞
金爐中沒有形影，煙前進的孔隙很窄
就要上不去。
提氣
縮小腹
化身
一根根沒有眼珠的蚯蚓鑽出地面

喙的頂端是塔，塔頂鞋盒大小的
祠堂。你們排隊上去
八角型樓梯，翅膀都收斂起來
規律笨拙的金屬聲，前腳
踩後腳。至此
只剩一整列的腳。環形的隊伍
不小心錯過他，踩翻裝便溺的器皿
注滿濃痰的管線。前往盡頭的路上
他發不出聲音
你們也發不出聲音

巨大的口腔永遠不閉上
兀鷹在牙齒縫隙間飛翔
來回索巡。但他不在那兒了
也不在那高處，舌苔遍地的高原
他只在更深更深
舌頭的身後，那沒有底的黑洞裡

大象

地板還沒鋪黑色軟墊，那時的小孩
筋骨堅硬，不需要黑色的、悵然抵銷的軟墊——

一塊藍色斑駁油漆的水泥
滑梯，被暱稱「大象」但它非常孤獨
不像林旺。連夜拆除工事，私人葬禮，
來不及讓感傷體質的我想起

果實般膨脹的石頭，白色、發燙
光滑表面，巨大飽滿的太陽穴；爬蟲類的
孩子爬在外面瞎子摸象，從不注意
水泥的內心，小矮人正點著蠟燭開會

密謀讓誰今天做王或當鬼。
它被桌布罩起來
不斷在公園各處滾動
整平隆起的部分。有時站起身，
莊嚴大象；有時被一根曲起的食指直直彈出——

社區的孩子在樹頂（泛青的薄皮膚底下
還有葉子飄在水面）更上面的是
雲上面，像我們聽說過的天使，那麼過剩
不斷被後面一名擠下盤子

標準姿勢手腳前伸，像我們會在飛機
安全手冊裡讀到的；有人用仰式；
熟練的和跌跤的人數不規則地達到平衡。
我也見過一些不可思議的特技。
幾乎所有的孩子都安全著陸。

一場性愛中途我猛然感覺：
逆向爬上去，膝蓋抵著又硬又涼的斜坡。
又有幾次夜很深的時候
我聽到一輛神祕的垃圾車
像「大象」一樣，閃著黃燈
（一股說不出的恐懼裹在裡面）
在我從小跑慣的街道來回巡邏。

IV　初冬、冬、聖誕

雪

他正削著鉛筆
要寫封措詞溫暖的信
給失去聯繫的朋友

在不知情的狀況下
他們舉手承接白色的碎屑
（無論字句在哪個環節被吞沒）
都預習了一次內容

初冬

1

你說，要去採集樣本
冬天出沒的爪痕
用單眼相機裝一盒
窺探的眼神，被窺視的
白白洗出的空底片

像隻呼嘯而過的野鬼
騎車入山，水都止住了
風便撲天蓋地
天空是整片的窗簾
獵獵地喊疼
我們不沾地的鬼身
不斷遇到玻璃高牆
不斷穿牆而過

2

大霧，路深三尺而
斷。路沒有盡頭⋯⋯

遠行也沒有盡頭
聽見自己與你踩過
濕草莖的聲音

晃動的相機裡
各種人物吵著要出來
它們是被收服在黑盒子裡的
魂靈。啊，原來那些
現身後就要神隱的時刻……
我看見自己也在裡面

3
菅芒叢中有一聲歎息
水梳著長長的頭髮
像一名哀傷靜美的女鬼

風是有腹肌的
壓上來

我從水底睡醒
陽光的眼在水面上
也是白色的，游過的魚
身體與心臟都是透明的

我的手指是梅花蕊
我不知道它香不香

霧裡，不是白天
不是黑夜
水潺潺地流動起來
水底有某種不動的律法

初冬 II

1

踏上它，如同今早
赤腳踏上薄磁磚
踏上它冰冷的掌背
端詳它指路的手勢

那是被窗框與乾枯的盆栽
隱蔽的室外。很遠
霧悠悠地吞吐大樓
每一吐都更堅硬，更冰
卻是張沒有一點情慾的臉
路燈很瘦，裸身
站在沒有足跡的虛構的雪上
光就更加地瘦了

2

在床上
像一尊異教的塑像
呼吸間，睡眠來來去去
我希望
心，有教堂的
模樣

3

我在屋內旅行
單一、無限反覆路徑
這座城市就要空了
只剩我在屋內走不出去
所有的樑柱僵硬而輕
風吹來就像一串骨頭
我不喜歡說話，執迷於
規律的移動。我不知道：

　　　屋外大樓的頂端
　　　懸空架置了樓梯
　　　樓梯之上還有樓梯

4

此夜，我們下榻旅社
電梯裡沒有攝影機
我們可以擁吻進房間

5

天空是帶泥沙的淺溪
水到公寓屋頂就止住
室內非常安靜
安靜像是手錶的齒輪
我知道我該遠行了

我知道我不會出門

6

把手伸出窗外
冷像一隻鳥雀立在臂上。
不知何處
傳來呀地一聲——

冬
獵

1

雪線同黑夜一起移動

掃描過整座山丘

陰影與冰晶的霾

彼此追獵著

2

山丘

如眼球披上睡袍

外頭大雪紛飛

裡頭

黑暗因為做夢而滾動

3

（是誰因為睡前的飢餓打開冰箱

讓不被記憶的食物走出火遊行……）

4

大雪紛飛

所有夢想中才出現的油花

正輪番攻擊一匹

飢餓的獵食者

他憂傷地原地踟躕：
幾分鐘前他才把最後一片火吞下肚

5
他的睫毛是一行冷杉
一行寸步難行、堅忍的獵人
他張開的眼睛是
一張打開的獸欄

6
遙不可及的獵物
四肢如高而瘦的冷杉
淡紫色的角
盤據整夜的閃電

穿越雪地——
總是幸運地晚了一步
那些纖細而富含寓意的蹄印
為下一處會面的地點
留下充分的暗示

7
對於那些走失的獵人
該如何是好：

無法長青不落半片樹葉
又不及爬入洞穴冬眠

8
一具笨重的雪橇
從他睡夢中的眼睛滑了下來

9
如何消解此夜
在關閉的洞穴，拒絕打開的冰箱
裝滿獻祭之物的神像前
不得其門而入

裡面總有一些
被遺忘卻仍然可口的食物
需要被拯救

在上一次關上的時候
不小心以獵物之姿
睡著的獵人
在夢中默寫每塊斑紋的位置

10
天大亮

如落雪滿地
他的臉上停著雪橇

夢中有一串雪橇狗
絕非獵人，也不是獵物
獵具們非常飢餓
並且發出聲響

可是
那些丟下雪橇的雪橇狗
牠們跑到哪裡去了？

離開北極

1

蹣跚爬行的一座山
在白紙上鼓起
呼之欲出的一個詞
光滑臉龐上的一滴眼淚
醞釀已久隱形的痣

抽屜裡沒有童年
與哥哥追逐的舊照片
沒有妹妹的電話號碼
屬於父親的那格資料永遠空白
溫柔而嚴厲，那不存在的真理之手
應是屬於母親的

他以為自己是一塊雪
某種有利爪的極光
罕見，能夠遷徙
具進食慾望的冷杉

2

冬日，最後且最豐饒的謬思！
去掃蕩那些不詩歌的地貌
去凍結那些日子，當你透明的目光
再現於每處水的轉折

給他更厚的脂肪與毛皮
額外的白蠟
將從他的腳下扣除：
彷彿只為行走而生
在一無所有的雪地裡
試圖留下多一點凹陷的足跡：
這也是詩人的命運

3
在半年的長夜裡高舉火炬
青白岩石間的唯一知識
通往永夜的指路燈籠
積累文明的鎖孔──
那扇偉大恐懼之門
發出與冰架崩落匹敵的吼叫
整圈尖利的白牙
宛若行走地表的第二太陽

飢餓的時候，他偏愛魚
本地盛產、精準的梭形利箭
或是，遠道而來的洄游性情感
他為腸胃中成群旋轉的風暴瘋狂

狡詐的海豹也是不錯的目標

他們的靈魂往往藏匿更多的魚；
重生的地衣與苔蘚必須小心處理
有時他也吃死去的馴鹿

當這些不復所見，他會考慮離開北極——
告別處女懷胎的謬思，到南方
行無性生殖，讓截斷的四肢
抽芽生長
到南方徵求代理孕母
生一群將不被承認的孩子

他考慮吃素
事實上，他早想試試
躺在家裡
享受外送服務
必要的話，他考慮爬上那些
占地廣闊的聖誕樹
吃掉上面過度囤積的冷藏食物

4
沿極圈的皇冠繞行
他，一顆廢棄的衛星
近年來有不穩定的趨勢
偏愛更長、更遠、更沒有希望達成的軌道

儘管如此
他仍是這世界上最受寵愛的：
來自各國的親善大使
如風暴般盤旋看顧的星辰
數以千計的鏡頭、追蹤器
熱切注目
冷漠荒蕪的地表持續加溫

他是線路毀損無法充電的絕版電器
（將於不久的未來閃現枯竭的紅燈）
一場不食言加場的退隱演唱會
其實他是價值連城、不可回收的大型垃圾

5

離開北極──
多美啊
成為私藏色彩成癖的偏執病患
成為大學教授
趴下化身時裝伸展台
為成功的政治生涯瘦身

多美啊
參觀有語音導覽的博物館

指揮椅子組成的交響樂團
在史料庫中旅行
和一群陌生人在百貨公司裡
吹壓縮機製造的免費冷氣

多美啊
當橘紅的太陽，向他歉然點頭
然後沒入水中
威士忌色的海讓他有些迷醉
他跳入水中心想
多美啊
一趟沒有終點的長泳
想像自己是世上最後的一塊浮冰

後句

1

我們初遇時天氣開始轉冷
現實中減法的魔術
在夢裡堆積起來

冬走到底是更深的冬
午後昏睡後陷入更痠痛的夢
夢寒冷地打開
花打開，尷尬不知如何謝去

想不起後句
季節就無法過門流轉了

我踏走過醒來的世界
床沉在溪底
相機浮在水面上
引我入夢的鳥沉在溪底
它的鳴叫是氣泡

口水如記憶
透明而蜿蜒
某夜的親吻仍沾黏在
枕頭，或某人的另一面

2

精靈，來床邊看我
即使臉色發青
狼狽如一隻水鬼
讓我再一次
在光底端詳你奇特的語言
即使張不開眼睛

精靈，輕輕為我歌唱
只在這黑房間裡
轉動你糖果的眼珠
眼角磨出細碎的糖屑
就像我們初遇時假想的白雪

為我唱
燒毀的音符
當然也為我
尾巴燒焦蜷曲起來
再說一些話
在春天醒來之前

火在我們之間輕聲哼唱
幾個只被使用過一次的調性
有些還來不及成為音樂

連音樂都不是
停頓，呼吸
偶然的白煙

3
日光清脆的叫了幾聲
叫我浮出水面
越界之後
只隱隱記得：

一串漂流的相片
一條進化不去的尾巴

臉都滲到背面來
一列蒙面人的行軍

湯圓

煮白水
要滾，滾出許多透明的圓
從我不知道的地方
一群小人將它們前推後擠
到終點時
要大聲報數

原本沒有的銀硬幣
被勒索了一下
口袋裡竟然就有了

鐵鍋的水是鐵的水
陶鍋的水是陶的水
有的小人有靈巧的手
有的小人有敏捷的腳
水裡有金屬的味道
水裡有在數數兒的透明眼神

眼神讓水滾
讓一隻熟悉的手
下蛋，一口氣下一串
新鮮雞蛋
方誕生便受洗
生命

從最底的地方湧上來

最底，最初的時候
是一粒沉思的石頭
一粒等待的意思
沒有動靜
猶豫時，口袋裡的銀硬幣
嘩地灑了出來
天燈一般
升起來

由熟悉的手承接
用瓷的匙碗
雲浮在世界中央
底下有小小的圓影子

蒸發的小人都湊過來看
看所有的圓在
一個圓裡面破裂

破
開的瞬間
芝麻，花生，豆沙

黑，褐金沙，紫紅的暗流
在滾起來的身體內循環一周

聖母教堂

鐘聲是一整列的腳印
面積龐大的圓，裡面快速移動
少量的聲音的小粒子
朝聖的窄路被點描出來了

十二月的雪還只是糖霜
大衣上有裝飾性的甜蜜
只是雪，雪都還在心裡修煉
雨的肉彎曲大衣
你黑色絨毛的生活細節

夜晚上教堂，聖母的眼瞼上置放
一些晶瑩的水珠與藥片
這寧靜的注視是永恆的平衡

新生者，我們那早產的戀愛
玫瑰的臉頰，瘦小白閉的肺
它喜歡聽玻璃紙揉碎的聲音
玫瑰經文包成一束
那每一口凝聚的白色霧氣
你每一個遙遠的母音
是有信仰的口氣

兩尊移動的聖徒雕像
大理石的眼睛假裝閉上
眼球隱隱轉動，冰涼的石子
核對光滑的肌理

寬大的素色袍子有隱密的房間
縮小版的你的臥室，手指大小的
桌椅，床與枕頭，只穿薄內衣的
指甲的精靈，淡粉紅的你

只有那寧靜的注視是悖德的
那還未形成的雪中
展開遙遠的朝聖之旅
在黑暗中裸體
彼此擁抱、取暖

聖誕頌歌

那初冬降臨的精靈，讓我為你寫一首頌歌

1

夢的頂端破開
從外面進來的夜開始落雪
日期近了，夜如果實熟成
黑的羽毛開始落下
從禮物的外面
內裡是還沒張開的睡眠

棉被是紙，可以摺成各種鳥
各種獸與天使
模糊的山線與谷線
該順著折回去嗎
湊出手足，重現
童年在街角相遇的那隻猛瑪
還是該抹平它呢

只是銀色的靈魂已經離開
睡眠填充的被子
天使被粗糙的重複印刷
殘影的光環，交疊又散開的
複數的翅膀與手腳……

此時
一個聲音如一杯打翻的水
離開杯緣，柔軟的變形
在落地前進入我的夢境

2
抵達睡醒的旅途中
透過玻璃窗與鏡子擴音
一線聲帶有四部和聲
所有的團員都告假
夢裡的人口是可數的
窗框的縫隙還顫抖著
精靈的泛音。就只剩下你和我了
我們夢裡的聖誕

潔淨的合唱團員
離開時把教堂鎖了。
我們貼著彩繪玻璃向裡面看
兩團白色的星辰漲漲落落

離開時
樂譜已經開始燃燒
那些火特別美，有奇妙的音色

聽火離別的合唱吧
親愛的精靈，這難得的溫暖
我們是幸福的。

3
精靈說：「請你纏繞我
用彩色的鍊子綑綁我
當你將電導入
我會妖冶至極
我會火樹銀花的亮起來。」

4
空心五度有門
站在頭皮上
光浮在拱頂像一層膜
鳥雀從中跳躍過去

禮物的盒子有門
門裡面，我們是暗的
用聲音辨識色彩，用火
用我們僅存的一些小快樂
牠們不需要咀嚼白色的草了
穿越無數隱型的門，用那種姿勢

優雅的遊街

你也有門，通往純白色
門與門彼此相對
都已經打開了

5
大雪淹沒夢境
你安靜沒有呼救
無視窗外即將壓垮房舍的冰
那固態的帶有敵意的水

門突然打開了
村裡完全通電，教堂沉沒成地窖
夢的頂端破開
一個巨大的我正望向裡面

你不可能是天使
光華的袍子都不合身了
你沒有善意的笑
是冶遊的快樂

6

就要過去了，精靈
我沿途留下麵包屑
時間亦步亦趨，用喙
一粒粒啄食起來⋯⋯

聖誕的前一夜

去年過冬的友伴在哪裡呢
一起晚餐，一起舉杯
敲一下，金色的啤酒
順著那些不同主人的手指
接近我，也接近你們
我感到緊張
金色就要碰到我們的衣物

我舉起蠟燭
照明湊巧被碰撞凹陷的地方
那神祕的月份
被震盪成一個洞穴
你們探頭向內望
我也向內望
有時候我徵詢同意或許可
有時候不

有時候一起感到醉意
誰也幫不了誰，除非在舉杯之前
已經說好誰的杯子
要放在誰的旁邊
誰負責收拾餐具
誰輕輕的為他蓋上棉被
在那湊巧凹陷的床

最初，是他先舉起杯子
說：就在此夜！
除非不約而同
感應到就在此夜了
然後連說話都不自覺傾斜

有時候也奢想一些
不曾拆開就交與別人的禮物
或是包裝過程中
才忽然想占為己有
（去年的日子現在在哪裡呢）
你幫我訂位
用我們都不認識的名字
有時候你留下一些祕密
有時候不
祕密也是一種禮物
你知道舉起的時刻
就是交換的時刻

我們一起布置了房間
一起準備了餐點
在洞穴的邊緣
掠過幾隻天使
都是月亮所祝福的

啤酒也是被祝福的傾斜
也是我們是被祝福的
被祝福的神祕的盡頭、邊緣

都準備好了
都說好了
飯後拿出要送給彼此的禮物
一起拆開，那一起拿出來的
友伴一起高聲說：就在此夜！
（去年的手指停留在哪裡呢）
你們望向我
我也望向你們

V

半
空
中

柚子

秋天不知道
誰送來箱子，他向長官報告
他用刀片伸進去，透明膠帶的
河流分成兩半，好幾座小山露出頭
秋天就走進箱子

蜂鳥

不在動物園裡，不在我的陽台
不在活的花中，不在蜂巢裡
櫥窗他躲在後面，但無法確知會不會叫

每秒拍動八十次翅膀，隨時往後飛、橫著飛
甚至倒著飛。他是赫密仕，短暫幻覺的信使
蜜與粉的直升機，一個尺寸錯誤的神……

在異國，我也是尺寸錯誤的
（他飛入一件過大的襯衫，暫時困在其中）
無論是步行速度、食量、還是日落或睡眠的時間

用換算不靈的貨幣買下襯衫（拍翅膀從甲國
翻譯到乙國）多少有些失真；飛行的暈眩
讓他覆到我的背上：用昆蟲的形體穿梭鳥的世界

鷺鷥

冷。薄灰色的傷心的冷。是霧，從山的背後轉出來，樹與牆頂都有些虛弱吐不出顏色。沒有什麼人，人都不像人不相交談地行走。其實是雨，是霧長出的綿綿不絕的菌絲，顛起腳尖降落行人。冷氣森森，是一絲一絲地吸人魂魄的，心尖上一空，一酸，有蟲在內裡慢慢爬行——是類似這樣的哀傷。

我是在這樣的時候，游蕩到校園的操場。他們已經都在那裡站著了。

大約有十幾二十，不是單獨、也不成群，散散地站在中央的草地上，朝向不同方位，一批只剩白衣袍的神像，彼此似乎無關又似相連。我從來不覺得這片草地這麼廣大，像是從地面升起的一陣綠氣，離地一陣又止住了。水淹塞到草身的一半。

他們不懷惡意也不懷好意的站著，安安靜靜地站在濕冷的草澤中。不可能白白地站在這裡：有一個目的隱覆在羽毛底下。從天而降的冷附身在雨絲中，攀附在鷺鷥的背上。他們渾身都濕透了。我似乎是唯一站在這場集會

之外的人。我知道，這些鷺鷥不會
飛。草叢裡的白色的石塊。

他們不動，甚至沒有表情。

仔細一看，他們竟是動的！頸子彎下
來，埋頭挖掘，動作熟練。在雨中愣
了好一會兒才忽然明白──是蚯蚓！
被水逼上來的蚯蚓！我知道鷺鷥在等
什麼。那一刻，哀傷消滅了，就像這
樣的一個集會：生從黑色的地底冒出
奔向白色的死。

鴿子

1

我想起七月的那場
爭執，你欺凌的洪水來襲，租屋
寵物都無法倖免，同我們沉入水中
在漂浮的家具間：貓的箱子
桌上的森林、剛買的橘子都收起腳
你寒冬裡收容的貓懸起身，如寂寞的球
無聲對著肚子鳴叫——
我們怒目相視，無法開口

你的眼睛，表面粗糙的月亮
沉入大水；它們如沙粒
落入我漲潮的視線
你憤怒美麗的黑珍珠

2

洪水退去，我們的冰箱
床和電視溼淋淋浮上來
我們接連浮上來；從舞台的布簾後轉出
在衣櫃頂等候多時後跌落
鴿子從月亮的背面飛向我

原來是你在地上打手影，送出
紙飛機上面布滿字，字是——穿過
天空發亮的針孔；深皮膚的你，天使在地上
用影子打暗號對盤旋多時
載有那隻拱吉他的背、唱小夜曲的虎斑貓
那樣的飛機示意。
我伸手扭開床頭
戴寬大帽子的月亮

友好的開關，我是魔術助手
黑暗中對著你打燈
讓你靈巧地將它舉起；
道歉的手影是帶信的飛機
你一舉起
天花板上就布滿七十二變的鴿子：
在頭頂的廣場——我們仰躺地面如兩幅巨大的星座
鳥瞰的城市，壓成點與面的雕像尖塔噴泉
有些鴿子還只是紙，十餘隻啄食太多幸福
曖昧的風箏飛過身分有待查驗，黑的
棲在各種灰階上的鴿或斑鳩，
灰藍的某一隻
帶了傷口。每一隻都是我深愛的你

抓起、拎起各種事件，從由遠而近的電線桿

集體向我飛來──

我被這一幕震驚，無法開口
以為這就是所有了：包含霧面玻璃後
未來正在鐵窗裡築巢，甚至最後的信鴿
不斷飛近卻在我漲潮的視線中越變越小……
一隻柔軟的小腳掌，踏到我胸口上：

虎斑阿捲直立起來
一次又一次想搆到天上的鴿子

燕子

我要放過那句信口脫出的詩
就像商家不妨礙燕子在門楣上築巢、
下方累積白色糞便，他們相信
爬上梯子摘除鳥巢等於摘除好運。

一隻燕子飛出下沉
一行不小心溜出來的句子
背後看不見的地方，有三張黃色的嘴
尖銳瓶口，追討昆蟲的小黃花

我要放過牠（收起梯子）
以及牠的孩子（收起剪刀）
就像那些生意人，大多不出於純粹的愛
而是不敢得罪，它所代表的好運；

只是我還謹慎觀察，被銜回來哪些蟲子
不斷積累的白沙堆，燕子啊燕子
飛出的直線正下墜；這些全是為了掩蓋
我胸口三張打開卻發不出聲音——。
詩誕生的洞……

VI

返回

熄
滅

某人檢查信箱：
收到用過的火柴一支
像那人放在唇上
令人費解的食指

車站

1

敞亮的大廳
廣播，行李箱的輪子
光點大的聲音
如旅客，遙遠而渺小

一具現代教堂
大而空的行李箱
裡面有蛇
光在外頭是喧囂的列車

2

我在正中央
看高懸的鐘
描建築的虛線

窄椅上
我與他們
短暫忸怩地坐在一起

幾分鐘後
我們排隊搭手扶梯
不斷下降
下降

代號

（月亮成熟的時候，青春紅豆就會裂
開，走出許多過去的人來——）

怨恨的時候
使用代號
對一個字縈的人
遠遠地用筆尖割它

憤怒的時候
使用代號
在一根蠟燭上點火
與它比賽誰先熄滅

怨恨且憤怒的時候
使用代號；想說話
卻不能被接聽的時候
搶先投注收件人的浮標

沉默的時候
把他的名字擦掉吧
過去是一些沒有說死
現在是死了過後又爬回來

可又想起戀愛的時候
每個小名代替特定的情緒
面牆隱微地叫喚他
暗中替他做手腳，或做他的手腳

如果還想念他
代號好比探信的鴿子
相反的話
鴿子就踢成了毽子

衣架

你像一具木製的衣架
你衣不蔽體，沒有一頂可以改變造型
沒有一頂低低地壓著你的笑容的
紳士帽，你是優雅的紳士的
衣架，白瘦的手臂往上生長

木紋越來越淡，越來越白了
冬天也衣不蔽體，沒有紳士帽
可以遮掩過去的造型
沒有紳士可以，沒有黑色的紳士帽
那種有貓的紳士
可以在冬天的車站裡等待
像一株越來越白的會落葉的樹

冬天站在紳士的後面
模仿他的影子
又把自己當成一棵樹
變瘦
感覺寒冷
你像一具木製衣架，準備搬家
帽子以及組裝的四季
都不會跟你過去
留在紙箱裡做深沉睡眠
沒有夢的裸睡

貓留下看守這個家

木紋越來越淡，就此
冬天逐漸結實
開始能做一些有力量的動作
洩漏一些陽光
在貓的耳朵邊緣
一上一下
你還能夠笑起來
像個紳士，像個不再做夢的
紳士，在冷空氣中做散步之類的事

他的影子像瘦瘦的站牌
四季都站在這裡，以為自己是你
一隻忘記組裝或領取的手
有時也以為自己留在紙箱裡
被報紙包裹，被好多的聲音
擁抱，像隻尚未明白
自己已被棄養的貓

你不是那隻貓了
不守在這個家，不帶走帽子
說一些讓人放心的話
說比較不優雅，比較赤裸的

多餘的聲音

像擁抱一樣的告別
冬天般，白而甜蜜的落葉聲
你的車來了，你上車
坐最後一排
睡得東倒西歪
仍舊優雅的沒有夢的
一眼讓人看穿的
（車從城市內開向郊外）
嘴巴微開，口水微微發亮
窗邊起霧
你好像在說話
凝結在已經快速通過
卻無法完全通過的車窗玻璃

模特兒

1

夢中：在某間服飾店裡
我被比較大的身體擊傷
塑料的模特兒傾倒下來——
　　他五官如沙灘上的貝類
　　在海潮鋪排中
　　時隱時現
　　隱去有時
　　臉又是一顆乾淨的蛋

傾倒下來——
　　或許我能偷天換日
　　取得那身
　　不斷交換身體的衣物
　　一些非賣的樣品？
倒下來，我的仇敵
我們的關係不就是台洗衣機嗎
把口袋裡的硬幣取出
投入另一河道
在不同的流域翻攪
硬幣也是流水
衣物扭轉出痛苦表情

我恨試穿後有緣無份的衣服
我恨沒有分類過的洗衣籃

恨你（或者我自己）投入的銅板不新

那隱身當季時裝
不斷被衣物安可的身體
就要擊傷我，好像我們自願擁抱一樣：

一種報復性質的善意

2
我被比較大的陰影擊傷
被尺寸不合的大衣
遮掩，被天狗吞吃
我，一枚光裸的月亮……
　　輕輕被天空的快門吃掉
　　被地球的陰影……你自窗口架設望遠鏡
　　觀測硬幣的消隱；
　　你的眼睛在井底置換了它

觀測鏡子
被摺進試衣間的門縫
觀測蛋
如一顆心被黑暗碾碎
（如一顆心在黑土分解）

3

難以舉起的過去事件

反時光的重力

如一隻巨大的黑鳥

來到我的上方——

　　　　太陽，午後唯一的井口

　　　　雲朵砌高高的石磚

　　　　天使搭好幾層啦啦隊金字塔

　　　　直到黑色的桶子從天而降

就在此刻，我看到

你在前方不斷地脫掉

我在背後

愛你愛過的人

拿走你的衣服

分類，清洗

跟上他

「最大的罪惡是淺薄」—王爾德

你從來不是罪惡的
即使淺淺看一眼，就決定
跟上他，跨越一小窪雨水先是他被看了
再來換你一眼，數秒中淺薄的地磚
打通另一半等地磚自身至天空之高度
不通過頭腦思考，你淺薄的無意識決定跟上
一塊磚的時間，彷彿那空間的最大值其中必
存有某種無邪的真實；你如天使般跨越
天空，你正著走過現實一邊
反著跨越自身；時間上領先於你的他
他的背影 I：雖然短時間比如剛剛到現在
無差別但是真實是 I 正以頭腦無法思考的方式縮短
變小；雖然天空的雲像地磚彼此牽制
無力動彈，時間的風力吹著他們去別處下雨；
雖然天使頭的太陽看似不在乎
無動於衷一天還是就過了
你一個形而上取向的 A，用兩隻腳支持
一顆頭，在路上行走
是先看到了他吧還是遇上那淺薄的
積水但這之間有什麼差別嗎
還是差別發生在你形而上的腦袋對上了
他強壯的雙腳，他天使般結實的跨越

對身後的你幾乎是輕薄的；眼睛是

另一塊地磚被前面的他所牽制

你來不及決定就跟上他

跟他距離縮小你不被察覺的變大

以另一個 I 的尾隨，在天使的背面

跨越天空的深淵，看他早你一步

至福地飛升，就放下你頭腦反向的鉛塊

安全帽摘下來放它在水畔

懸空時驚異於 A 被減省變成 V 因而

只剩下行走：跟上他

時間差使你們變成了 W 穿過夢境

一起睡過你私以為你們成為了 M 的共犯

一起繼續行走，卻靜止於

O：某單詞，水窪

無預期無法停止的吻──

時針與分針的雙腳被風吹著走

啊，接下來的十年或者十分鐘是幸福的！

你們都被祝福不過你從來不是

他也不是最大的那個：有時是不滿足的 C

有時是被狠狠打擊的 D

但兩者之間有差別嗎以至於無聊看一眼

無意外就接著跟上、重合

錯過

跨過（你也是跟著而已）他的罪惡

跨過那小小的水窪淺淺的掠過不破壞它
你們彼此原諒但因為是最後一次；
第一次深深看對方回復成 I
回復成無言語的空白，只剩思考：
「可是他不是罪惡的即使他淺薄」
扣除這類被無故占用的告白剩餘的時間
你和他各自前往兩個距離不同的城市下雨

可是親愛的，你確定必得如此？
假使愛——越過頭頂，越過你的手套
越過球賽的領域——未爆且溫馴
野兔般深埋你身後的草地
假使它像一顆蛋，連自己也不知道
將被哪隻母雞生下來
那不就是你急著想擺脫的
愛的命運嗎：假裝石頭的球
未變態成佳餚的幼蟲
它注定無法永遠保持原樣
但都有金黃的心

是順序困擾你嗎？
你設想沒有烹煮之前食材的模樣：
胡蘿蔔是胡蘿蔔，蛋是蛋
兔子是兔子：兔子吃了胡蘿蔔
或炒成一盤胡蘿蔔炒蛋——
總有誰的飢餓被滿足了
然而，以為自己是愛的
那顆球，收斂無數星系火藥
羞於伸出線引——
它以為自己敲開
所流出的是分數，它無意啟動場上
一連串連鎖的運動，如某顆星

無意走入哪塊天空
牽動了誰一生的命運

如何，親愛的，讓你了解
（你正揮手驅趕我譬喻的野兔）
你固執得像一顆未爆彈
像胡蘿蔔般倒著長的火
——必得如此？越過頭頂，飛離手套
尋找手指的起源：或許你會找到
從母雞崩塌的黑洞裡誕生
那沒有愛情的純粹的飢餓
（會不會我們並不在同一個故事中？）
回到故事而非愛情的開端
如何可能，親愛的
如果我們的故事從來就只有愛情？

"mini me"

起初，以為那是一整疊的信
我的名字在上頭有小小的花環
戴在鉛筆字的弦上，一張七弦琴
它演奏全音域，旋律離析單飛
和弦派遣泛音環繞如一群強壯的天使
都是愛的變奏，是今日罕見擅手寫的
詩人的把戲。可是甚至沒有
你的名字，在這些完美複製的孩子
細緻的額頭，打印數個小甲蟲：
"mini me" ——這是你給這支
新種咖啡取的名字，這是你在
決定送我一整疊掛耳式咖啡時飛入的
靈感嗎？送我二十張同樣的
專輯，每次聽都撕開一張新的
多美好，每次都可以撕開
每次都可以聽你唱錯一樣的字
抱歉，在愛上你之前我肯定
肯定我愛上你的古怪——這不是
很公平嗎？你不開口而先送來
二十枚淫猥的竊聽的耳朵
並要求掛在杯緣，貼近我嘴唇的位置；
隨時準備撤退——你那一次性的（即使
可以重覆）猶疑的，分號一般的吻
我懷疑，你只打算重覆做二十次而

這樣也很好：那第二十一名

必定糟糕，難以忍受。但某個範圍之內

（二百公尺短跑，二小時內的電影）

我都喜歡把那些甲蟲，工整地

把「微縮的你」對半撕開

把七弦琴撕開，抓出一隻著白衣

滿肚子苦香的憂愁小天使

用熱水使他說話（一種

經典的實驗）看，那些穿越衣服

那些更加微分的你，彈水的樂器

用我的舌頭唱：這是耶加雪夫

花香，柑橘調，還有……我是這樣對你說

我對你說，還有……

倒退的旅行

「我在倒退的旅行中／與你凝視過的
某小舟擦痛彼此」—孫梓評

沒人發現已經越過折返點
船隻航行過赤道
毫不費力地穿越鏡子……
你盤腿高高坐在木桶上
儲藏蘋果的木桶
我檢查方位與海圖

氣候和地形可以預知
未來與過去對稱
常常，遠遠地看見
我們習慣幽會的場所
然後它又遠遠地被拋在後面……

聽到開門的聲音
藍色的、光線充盈的教堂
斷水電、灰塵滿佈的公寓
你喀地一口咬下
我流淚捧著你的頭如一顆蘋果

返回

「當感情的魔咒消散，請輕柔地送他們回返地上。」—歌德

1

躡手躡腳，從煙囪爬下
他鬆開一隻金蝴蝶
放在因熟睡而舒展開來
理性的額頭
一張安靜的符咒
一鼓鱗粉的幻覺
那熟睡的人，懸而欲墜
完熟的蘋果
果核斑斑點點
窩藏傷感的蜜

2

他善於捕捉
引頸期盼的鬼魂
如一輛公車
載走站牌下每一名潛在的旅客

反標本，一種逆向操作：
呼地把翅膀從魂魄上面吹走

（蘋果善於脫逃）
（一種反飛行）

3
他的雙手像哥德式教堂
像回音良好的洞穴
搧動翅膀，如經文歌一般
託付的願望在四周卡農
你是最小的一尊金天使
你是雪夜裡遊蕩的鬼魂
他是一輛溫柔無人的末班車
你是最小最痛的琥珀核
你是驚喜，他是送禮物的人

4
他仍苦惱要換取什麼
他不是背得動幻覺的人
幻覺和符咒夢遊後
都是太大的汽球的獸

必得施展一次反贈與：
偷取象徵愛情與感傷的襪子

5

苦惱，是一隻標本
他苦惱失去金蝴蝶

窗外，整座城的白蟻在半空
飛舞交配
愛過──不是什麼都沒有──
一地如雪的翅膀碎片
他和幾名引頸期盼的鬼魂
在煙囪底下等待著
反墜落，當經文歌響起時
請輕柔些、輕柔一些……

歡迎來到月球背面

歡迎來到月球背面

孫梓評 ╳ 陳柏煜

偶然看到一部僅四分鐘長的西班牙短片《TABOULÉ》：午餐時光，一對戀人在天台上，為了該不該告訴對方手機和信用卡密碼起了齟齬，其中一個主動說了自己的，表明坦白無遮，希冀戀人也如此，為的當然不是那幾個平凡無奇的數字。兩人都蓄鬍，主動挑起此一話題的那位瘦些，泥黃背心，工作褲，帶點孩子氣的黑鬈髮。另一人胖些，肚腹鼓起，頂上已禿，深鴿灰 T 恤，也著工作褲。胖 T 恤無奈戳食手中那一盆類似北非小米的物事，在瘦背心眼見溝通無效，憤而離開天台的那一秒，胖 T 恤突然說出：9-3-8。瘦背心聽見數字，停下腳步。「那是什麼？」「從你家到我家，要走的步伐數。」胖 T 恤又說了：1-4-6-8。「這又是從你家到哪裡？」「這是我們在一起度過的日子。」瘦背心坐回原處，凝視著不斷吐出數字的胖 T 恤，這次的數字是：1-1。「十一？」「那是你每分鐘眨眼的次數。」瘦背心別開眼去。接著他們微笑交換了一串又一串

217

的數字。沒有解釋。無須解釋。冷不防地，胖 T 恤供出了自己的手機密碼，瘦背心卻一愣：「不用說出來啦！」胖 T 恤只好訥訥地把手中的午餐遞上，「來點塔布勒沙拉吧！」

演員很棒，又編又導的 Richard García 才華洋溢，知道這一切來自設計過的巧思（甚至，有點做作？），可如果誠實說，我還是覺得感動——需要自我介紹時，我打算這樣介紹自己。你呢？你會怎麼介紹自己？

-1　　　　　　　　　　　　　　　　陳柏煜 → 孫梓評

所以，你要用數字介紹自己嗎？

我大概在哪裡了脫線沒跟上，說不定你打算，（為對方量身挑選）一部影片取代自我表白，以演員的臉、身體、故事取代你的。大多時候自我介紹根本是不必要的吧——除非是某種表演、暗示，多少有點為對方量身、製造不誠實鏡子的意思。（還是，用「來點塔布勒沙拉吧！」這種方式呢？）

如果你沒有要用，我或許可以偷你的點子囉，我是說，用數字介紹自己。我不是個數字敏感的人，對我來說七歲的高斯或

十三歲的帕斯卡一眼看穿費式數列，不可思議的程度絕對超過小莫札特默寫〈求主垂憐〉。為了掩飾我的遲鈍，我特別留意是否守時、需要花多少時間，留意貴或便宜、高與低、順序、大小，簡言之，是數字的意義，因此他人的生日、電話號碼等純粹的數字仍不時使我出糗。

幸運的是，我幾乎能肯定，百分之八十五點六五的人是數字不敏感的。大膽提出的數據不是科學的，即使不是文學，數字在多數地方也是屬於不精準又總是對特定目標命中的美學的。就像過敏原那樣。我需要給出怎樣的數字，「你」才願意接受？

在經驗老道的裁縫眼裡，站在他們眼前的我，會化為多少、我可以被分解成多少溝通著特定角度的數字？或者，也有一兩個調皮的、只作為玩笑或靈感的記號──。許多陌生人也偏好用數字認識我，刷條碼般確定我是不是適合的商品，他們通過數字去想像、解讀我（我的照片），想要打開名畫被假定虛掩上的一扇門。偏著頭想想，交換的數字多少來自於被設計過的巧思，總而言之，我還是有點感動。

-0.5

自我介紹實在是困難又羞恥的事，「對象不明的自我介紹」簡直是對鏡脫衣，不是每個人都能辦得到的事，自我想像比較美好的人（或比較不自我想像的人）可能容易一些。另一方面，

我、是、誰，如果沒有經過別有用心或是設計，一不小心就會讓謹慎為上的他或她陷入太艱深的哲學問題。

一想到如此棘手的問題，科學家已經替多數人代答了，不禁替「小（寫）的我」感到竊喜。1972 年發送的第一份人類「自我介紹」，附載「我」的圖像以及宇宙層級的地址；第二份訊息發送「我」的組成零件；航海家唱片最浪漫，攜帶「我」的聲音、「我」的音樂、一段以摩斯密碼表達的拉丁文。ad astra per aspera——「通往星空之路困難叢生」。

很高興收到你的來信，有了信（號），通往 "mini me" 的小旅途就輕鬆愉快了。

2 　　　　　　　　　　　　　　孫梓評 → 陳柏煜

嗨，是的，陌生人會「刷條碼般確定我是不是適合的商品」，想必也會刷條碼確認《mini me》裡的「我」——想像此刻收銀機液晶顯示幕上，跑馬燈出現：「我可疑的筆直的刀子」、「背光的我蹲著吃石頭」、「在異國，我也是尺寸錯誤的」……如果忍不住視《mini me》為一席自我介紹，雖不至於像蛋堡那樣可愛ㄅㄧㄤˋ唱「如果每首歌都是我的孩子，嗯……我想大部分是女孩子」，可能，近似陳牧宏那種「愛情做的男

孩」吧——乾淨粉嫩的臉頰，好聽適於取悅的聲音，我猜（被誰確認過的整件皮膚）沒有刺青，但時髦衣物別有明眼人能辨認的花樣；無法判斷上一次總統大選把票投給誰，猜不出宗教信仰歸屬（雖然「希望／心，有教堂的／模樣），妥善垃圾分類，通常準時，恆常遲疑，偶爾戀舊；雖喜歡向著另一人把身體像書一樣打開，卻也很耐孤獨，因為極擅長想像力鐵人十項，「他憂愁多皺摺的腦袋／是一朵複瓣的花」。

你心中怎麼安排、組構《mini me》呢？一段愛情從燃燒到掩熄的組曲？一只等待被熱水拷問的掛耳包，逸出了前、中、後味？或者，它是男孩通往內心、沿路（為誰）布置的麵包屑：愛的日常記號（輯一），線上人數無可避免的增刪與排序（輯二），要不要帶戀人回家見家長呢（輯三），某些意外溢出狀態及其不可抗的冰冷（輯四），停留半空中，愛與死共生的幻覺（輯五），最終來至（被）告別的慢板（輯六）——我雖也想問，濃縮／摺疊／烘焙／蒸餾後餘在書頁間，等待他者以目光沖泡／攤展／嗅聞／還原的我，和對鏡脫衣、穿梭於日常數字的你，有何異同？又擔心自己不免像短片裡的瘦背心，有了「數字＝我」，甚至「數字＝愛情」的錯覺。

當然我也好奇，許多詩之中，為什麼挑選〈驚蟄〉做為開場？這首詩製造了一個有趣的現場：既熱又冷的「房間」，彷彿性愛的中途，靜或喘息的片刻，感官幽微敏銳「像捕獸器」，有人即將開門，或者開啟身體，於是「銀色的鑰匙乾脆地插入，

轉動」——這也是你試圖對讀者／陌生人發出的一則邀請？

　　　　　　　　　　　　　　　　陳柏煜 → 孫梓評

被你一說，條碼都成了斑馬，一隻接一隻跑過顯示幕，通過時被翻譯為內在真正的原形。雖然大多的時候詩比起詩人更容易被認為是條碼，被你當成「自我介紹」認識後，詩開始寫作詩人；詩人是一匹斑馬。

老實說，寫這些詩的時候，我沒有注意有這麼多的「我」。肉搜出來，放在一起比較，別有一番（惡）趣味。許多人的童年記憶都有繪本《威利在哪裡》，我小時候也愛在人山人海中找尋主角威利。拿來做比喻的話：我沒有刻意要把「威利」放進詩裡面，如果不小心進去了，「威利」也只是剛好在裡面；「威利」常常當不上主角。

寫到這我必須舉個手，像報告老師我要上廁所那樣，對你懺悔。上次的回信，我離題亂跑了種種介紹的「方法論」，卻沒直說重點，寄出後我深自檢討著。虛答一題，拋送空氣人形的我，可以預期你的苦惱；沒想到你居然還替我生出一段說法，很可靠的經紀人總是替任性藝人的發言擦屁股。我感謝你的「擦屁股之恩」。我也喜歡你送的「肖像畫」。

所以我也要用「法蘭克學派」的方式作答。（喂，太「誠實」的答案，也讓經紀人苦惱呀！）我是怎麼組構《mini me》呢？我還真的必須要把它們硬湊起來：這本書主要的星群，離我的現在很遠，書的第一稿甚至在兩三年前就完成了，單憑雛形，它比《弄泡泡的人》早，是我的第一本書。寫這封信的當下，《mini me》來到第五稿，就像惠特曼對他的《草葉集》所做的一樣，加上新作、拿掉舊作、拿掉舊作裡不滿意的段落。有趣的巧合，《草葉集》裡最有名的詩也叫做〈自我之歌〉。

《mini me》不是完足的，它裡面有太多主題、語感、風格異質的單元兜在一塊，是秀拉點描派的相反，大體來看沒有意思，逐點夾來檢視，比較有感覺。出書時間拉長，我也在長大，的確，作品為我處處留下了麵包屑。當作者想用文字的銀針固定住什麼時，作品常很可惡的反將一軍。打開亂七八糟的文件夾，「過去的我」像麵包屑一樣對著抽屜外的我揮手叫喊著。因此說《mini me》是關於「我」的詩集也是可以的。至於分輯，其實不足掛齒，把作品排成有故事的形狀是技術問題。儘管個體時空相異，星座還是能夠成立——尤其在有心人的眼裡。你有心，好心地從我朦朧的邏輯出發說了具體的故事。故事能夠保護看星空的人不至產生一種「要掉入星空深處」的暈眩感。

我和「我」有什麼異同？沒有不同，我就是「我」。我認識的

大多數作者，都選擇和「我」劃清界線（麻煩的是，線出現之後就得再劃一條線，得常常做這件事，像剪指甲一樣），這和性格有關。我呢，覺得被當成「我」好刺激，想像力作為一種外露的存在，我的確也挺享受一種更風格化的樣子（？）——也可能因為我還不在那兒，才能意淫自己在名聲醜聞鎂光燈下的各種 pose。

不要不相信直覺！〈驚蟄〉就是堅硬的閃電、銀色的鑰匙、當然只能是「我可疑的筆直的刀子」。

3　　　　　　　　　　　　　　　　　　　孫梓評 → 陳柏煜

既然提到《草葉集》，那麼，你必然記得其中一個令人難忘的詩題：「我歌唱帶電的肉體」。對我來說，《mini me》最令人陶醉的，或也正是這被你高低唱出的關鍵句：帶電的肉體——吻製成的衣服，被子底下的潛水艇，騎士如玫瑰花刺的寶劍，地獄裡戀人搭出的橋拱，袍子內隱密的房間……為什麼你這麼在意身體？身體是「我」存在的最關鍵嗎？孤獨身體是無法被看見的。更遑論被彈奏與歌唱。那麼，與其說你在意身體，或許你更在意的是，身體如何和另一具身體共振？這就可以解釋在《mini me》末輯的〈衣架〉和〈模特兒〉，身體何以出現不同的表情——被異質化的身體成為衣架，「衣不蔽

體」，被棄，赤裸而多餘，「無法完全通過」（使我想起夏宇的「我很抱歉／我很悲傷／我沒有通過」）。另首詩，「塑料的模特兒」成為夢中有攻擊性的「比較大的身體」，「我」想奪得模特兒身上「有緣無份的衣服」（愛情？），而就算當個學人精，「愛你愛過的人」，最終欲望的或許根本是模特兒那「不斷被衣物安可的身體」？事實上，就連無生物你也樂意賦予身體，「舌苔遍地的高原」，「風是有腹肌的」，「路燈很瘦，裸身」……但這是另一個問題了。

還記得短片《TABOULÉ》那神來一筆嗎？瘦背心和胖 T 恤暗號般輪番交換的數字：「1-4-6-8。」「7-2-3-1。」「7-6-4-9。」「3-1-6-9。」「5-7-5-5。」「8-7-5-3。」「不是 5-2嗎？」胖 T 恤沒忘記，那是稍早時，瘦背心自己講出來的信用卡密碼。瘦背心笑了，「是，是 8-7-5-2。」

有時我感覺，好的詩人，也是在用他的詩，把讀詩的人，變成戀人。沒接到暗號時，哪怕就偎在身旁，戀人亦與陌生人無異。唯有穩穩接住對方的丟球（心領），臉上綻出不說破的笑（神會），一首詩如水珠或淚滴般張力最飽滿的瞬間才得到完成，那倚靠的從來不是格言式寫作，也不會是誰自以為的先知手指。於是，讀〈橙子〉、〈Sub-way〉、〈聖母教堂〉……都體驗到這份緊張的快樂。尤其我曾一度漏接的〈聖母教堂〉，你膽敢寫「新生者，我們那早產的戀愛」，這樣美妙的對位，讓跟著登場的「兩尊移動的聖徒雕像」如此合埋，畢竟

雙手已觸摸了袍子底下粉色的精靈，這光潔的屏息的瞬間，「只有那寧靜的注視是悖德的」。我迫不及待想看四十歲的阿莫多瓦如何拍這趟「朝聖之旅」。

「秀拉點描派的相反」——你暗示我們再靠近一點。我確實這麼做了。近到可以看見你長長睫毛的距離。許多曾讀過的詩行，慢速、格放後，果然得到更多應該上馬賽克的風景。我也因此想起音樂劇奇才史蒂芬·桑坦曾以秀拉畫作發想、寫成《Sunday in the Park with George》，劇中畫家喬治為他的白色畫布／舞台下指令：發想—構圖—平衡—光線—和諧，然後，人物出場，畫面移動，顏色變化，既是畫家在腦中以意念排列星圖，而其思考也一併呈現觀眾眼前。當你寫詩，你喜歡為你的詩下什麼指令？

-3　　　　　　　　　　　　　　　　　　陳柏煜 → 孫梓評

你又讓我曝光了，我沒讀過這首惠特曼，而就在某些倒楣鬼讀著《mini me》的時候，他們顯然也錯過了許多首惠特曼。其實自己忍住不叫，就不會被發現，身體有時很麻煩，在黑暗中自己（不能自己地？）發出聲響：野草中「我」逆著巡邏的你，當下世界與你就隱藏光芒萬丈的白裡，身體因為羞恥感而強烈地存在，「我」就算不一定誠實也必然誠懇。身體發出聲

音，「我」寫詩，你舉起手電筒目睹了這一切。

「假若身體不是靈魂，什麼是靈魂？」若改寫惠特曼的這句作為回應，我會說「假若詩的焦慮不是性焦慮，什麼是性焦慮？」在被子底下，「蹣跚爬行的一座山」；吻的衣服裡，「執迷於／規律的移動」；不合身的光華的袍子內，「我的手指是梅花蕊／我不知道它香不香」⋯⋯。你說，不妨試試重讀《mini me》，會看到本來看不到的鬼喔——原本我沒有看到的身體，一下子都冒出來了。

詩集裡有個不重要的小角落還真的寫了「帶電的身體」：「請你纏繞我／用彩色的鍊子綑綁我／當你將電導入／我會妖冶至極／我會火樹銀花的亮起來。」回頭去看，這名叫做精靈的鬼，它的誠懇讓我有些感動。

-3.6

好的詩人會把讀詩的人變成戀人嗎？我有點猶豫。詩人不像小說家，詩人更傾向不負責任，有心而製造戀愛氛圍（譴責）、無意而當選曖昧對象（嚴正譴責），我強烈懷疑「沒有解釋」的密碼，有濫竽充數有機運虛數有轉圜也有脫身的空間。讀者心裡的詩人常常是阿波羅，但我心目中的詩歌之神卻是赫密仕，他是小偷、旅人、體育健將、遊戲重度成癮者；更何況阿波羅的七弦琴還是他的發明，交換到他所偷竊的牛隻。

校正。所有的樂趣就在校正裡，挑起眉毛、質疑指針角度的訊息。這是你提及的表面張力，只能看不能碰的對峙場面，但使盡混身解數凸起來或凹進去。校正是挑釁的，但即使自以為（對方）懂得而造成誤解亦在所不惜，容許最粗暴的曲度但不忍受輕柔的揭開。回應《TABOULÉ》，我認為說出手機密碼，和那句不無慍怒的「不用說出來啦！」，已經越界，讓積累起來的性欲，在沉默中細細地掉落滿地。還好有沙拉替胖 T恤解圍，他原本是如此（儘管俗濫）誠懇的詩人。

雷同不反對「我」就是我，在這裡我也樂意觸犯一些「詩人的行規」。我喜歡去解釋每一首詩（儘管常常口徑不一致），我更喜歡聽你，一個比我更善待《mini me》的神仙教父，百無禁忌的解釋，鉅細靡遺的分析，然後我會大聲叫好附和。

-3.69

指令當然有的。發想—構圖—平衡—光線—和諧，除卻大腦的工作外，還有臨摹大師而留下的肌肉記憶。來來去去的大師也在給我指令，脫離一個時期的雲層，就能看到是誰在雲的上面，但我不知道現在盤旋的大師以及握著我的手，他控制的鬆與緊。我自己給詩的指令，都是很機械務實的，我也挺樂得公開剖明，但這不是挺煞風景的嘛——不是每個人都愛看《魔術師的終極解碼》此類節目吧？

指令。和身體不無關聯，我發現自己似乎頻繁地對一個「你」下指令？我不確定那個「你」是誰，在我的詩裡面做什麼。你能替我解答嗎？

---

4   孫梓評 → 陳柏煜

謝謝你召喚了精靈。讓我們談談精靈——

做為《弄泡泡的人》愛用者，閱讀《mini me》不可能不察覺這一對你美麗的雙生子，充滿太多值得剝繭的線索。比如，纖細憂傷的〈過橋〉：「風是帶磁的針／從未來不停投射過來」，怎可能不連結到，「我回想到這時總想起布朗第一次載我過橋的事。」讀到「一切過去的時候／我會把你翻到背面」，我會忍不住接著背出，「但哪種快樂的背面不繡了哀傷呢？」若視線發現「如此，你可以看到秋天轉身離開——／菅芒的枯草色，由紅轉白的穗」，如何不又一次複習，「但芒草在風中更紅更紅起來……紅得讓人都難過起來，從每株芒花的末端滲出。」當我被「那支堅硬的閃電」給擊中（大概做過一樣該被雷劈的事），絕不會忘記同樣名為〈驚蟄〉的篇章，一開場就是：「那支固體、卡通、可被握住的黃閃電……是你送的禮物。」如此這般，幾乎可以想像〈正午的河堤〉其實也是〈鷺鷥〉的現場吧；而魔幻改動戀人形象的〈蚊子〉，若放進

詩集，當屬於「半空中」？至於「我們的愛裡有一條毒蛇」，那揮之不去的蟲（悔？），難道不是「可是那粒子彈卻在布朗的體內碎成了花，那些細如粉末的毒素已經不再是原本的面貌，而是以一個我們都不甚了解的方式在他血液裡徘徊……」因此如果問我，那個「你」是誰？多情的讀者可能會舉手搶答：那是布朗啊、那是丹利，咦有寫到阿鐵嗎？可疑的是，他們全都溶進了一個第二人稱，雖然「晃動的相機裡／各種人物吵著要出來」，但終究只有虎斑貓阿捲，攀上鴿子的羽翼，漂亮地從《弄泡泡的人》躍進《mini me》。此外，就是精靈。

讀你的詩，很容易嘗到甜頭、感覺孩子氣，但我曾納悶，何以《mini me》裡的某些詩，偶爾逸出鬼氣森森。「我們不沾地的鬼身／不斷遇到玻璃高牆／不斷穿牆而過」；「精靈，來床邊看我／即使臉色發青／狼狽如一隻水鬼」；「他善於捕捉／引頸期盼的鬼魂／如一輛公車／載走站牌下每一名潛在的旅客」……雖然我很想偷伍軒宏的說法：「寫作，是把自己變成鬼的過程。」但有天我發現：因為，只有鬼看得到所有人——這不僅是作者需要他不一定動用的全知觀點，也是周旋於眾人之間的「我」的獨特位置。而那份鬼氣，或也基於某一種不得不的「訣別」氣氛？「在他愛過的人裡／將有一位被除名」。

那麼，何以「精靈」有別於那些「你」，獨獨獲得一個代稱？因為他是鬼的同類？這對雙生子，你偏愛哪一位嗎？你介意我們僭越地比對他們的眼耳鼻舌？分別將《弄泡泡的人》和

《mini me》讀過幾次，可以判斷他們是偽裝為雙生子的人格獨立者，志向亦大異其趣。《弄泡泡的人》藉由相對完整的敘事滿足了讀者對人物輪廓與細節的欲望，《mini me》卻透過詩的歧義，更加成就了「我」內在的豐富曖昧。我從不介意「它裡面有太多主題、語感、風格異質的單元兜在一塊」，混合了薄荷、香芹、番茄、洋蔥、北非小米，加上鹽、檸汁、橄欖油調味的塔布勒沙拉，是以新鮮、營養著稱的。我好奇的是，對你而言，在幾乎重疊的一段時間，將所歷事件以不同文類／形式／狀態又一次書寫的原因／樂趣是什麼？

不知道為什麼，我對赫密仕的第一印象卻是「信使」。他且是亡靈的接引。「他和幾名引頸期盼的鬼魂／在煙囱底下等待著」。原諒我的過度詮釋。

-4 陳柏煜 → 孫梓評

感謝愛用，《弄泡泡的人》真像清潔劑品牌，建議搭配十個快樂的水龍頭，包管裡裡外外乾淨清潔。

雙生子的概念將幫助我，順利通過負／復四信的考驗。不知道為何，我看到「美麗的雙生子」想到的不是千重子和苗子的組合。從血緣上理解（從它們的「共時性」、或許共享母體材

料），可能就會忽略更幽微的問題，事關稍後你提及的出入文類、重寫、以及因而生成的二元性質；簡言之，關注相同甚於相異的部分。

我想到《鬼店》那對令人過目難忘的小女孩，還有緊接其後，丹尼和扮演／分裂的人格東尼的對話。首先，她們在設定上正是「偽裝的雙生子」，當我看到你的說法，嚇了一跳。很像但不是，發覺有異的瞬間，使人毛骨悚然——當然以我的例子來說，遠不那麼駭人，但要說有什麼「樂趣」可言，大概近乎「有點踩空、並未跌倒、崩落數塊小石頭」的感覺吧。當東尼以丹尼之口對丹尼說（像寫作兩種文類的我共用嘴巴）：「這就和書裡的圖片一樣，不是真的。」我想任意取用的是，如果《mini me》看起來很像《弄泡泡的人》的插圖，它們也「不是真的」。

「你」是誰本來就是陷阱題，如《鬼店》往往在一對一的符應外出現歧異。我太欣賞你的假裝中計又金蟬脫殼。（話說回來，大概也只有你能參加遊戲吧。每次看由庫柏力克影迷製作的紀錄片《鬼店之 237 號房》總是嘆為觀止。）

「你」若有其實用面向，可能會是，當「我」如鬼魂凌空飛行於主題語感風格時，投擲出去，免得自己飄到景框之外的「固定器」。可能，「你」的一面是眾角色之融合，是作者身為被曝之人的反攻傾向；另一面，難道不是丹尼的東尼，「我」的

雙行者（doppelgänger）？我很慶幸，留下／離開（leave）
虎斑阿捲，讓牠倖免於我無聊糾纏的冗贅討論。

F

精靈大概是這本詩集唯一真正的第二人稱。我不打算解釋他的
身分，但我想說說精靈的任務；身為「比較大的身體」，又搞
笑地淪為跟班／共犯（sidekick），精靈的任務是解除魔咒。
（相對於低調製造幻覺的弄泡泡的人。）我想提供一些《暴風
雨》的片段作為這本小書的補給。

「我」說：「去釋放他們，精靈。／我會解除魔咒，我會歸還
他們的感官意識／他們將能做他們自己。」

「哎，那是我精巧的精靈正在唱歌。我會想念你的，即使如此
你還是會自由。──是的，是的，是的。」

精靈（用只有「我」能聽見的方式）說：「我做得好嗎？」

「我」（用只有精靈能聽見的方式）說：「簡直完美，我勤奮
的小工人。你會獲得自由。」

冒著過於善遞饅頭（sentimental）的險（但基本上是反過度
感傷的），精靈應該遵守〈返回〉的原則，「當感情的魔咒消

散，請輕柔地送他們回返地上。」（歌德語）。當然，反覆記號的「返」以及抵抗現狀的「反」也是一對雙生子。抱有這樣的了解，用〈返回〉作為第一首詩進行一次「倒退的旅行」，似乎也合情合理。也用這種形式重寫了什麼。

-4

對了，你最好好好解釋孩子氣的部分！（反覆好很像結巴）除了詩集名以外，我可沒有特別裝可愛。若說，為反對而反對的唱反調是一種孩子氣，我勉強可以接受。比起《mini me》，當然得大大偏愛《弄泡泡的人》。

5　　　　　　　　　　　　　　　　　孫梓評 → 陳柏煜

孩子氣之為物，學不來、藏不住。若有模仿孩子氣之必要，已是世故的明證。試圖掩藏孩子氣一事，又顯得非常孩子氣。我想，孩子氣應是你的「琥珀核」，而非唯一成色。你一向能特技般執行繁複的頭腦體操，也絕非懵懂人情與江湖，但唯有內建黃金之（童）心，才可能寫出〈跟上他〉這樣的詩：主題是欲望勾引，一見鍾情，將要發展成一個吻或一夜情或一段十年愛戀的起始點，彷彿旁觀眼睛般拍攝兩人的肢體探戈。動作同時，且有一齣可愛內心戲，把英文字母當作象形字：A 是「用

兩隻腳／支持一顆頭，在路上行走」，一起睡過的 W 成了 M
（睡相很差），而 O 是行走中偶遇的水窪，也是「無預期無
法停止的吻」，但如果（誰感到）不滿足，O 即成為有缺口的
C，如果（誰）被（命運）狠狠打擊了，O 又會變成被揍扁的
D……試問誰讀到這兒還能忍住不笑？那位心照不宣的「mini
me」，彷彿手中有英文字母積木，看似隨意實則結構嚴謹地
堆玩著，這是繼韓波把五個母音塗上顏色之後，我所讀過最有
趣的想像了。

第一次讀你的詩，後來成為《吹動島嶼的風》專輯第八首〈小
琉球〉。你長期參與的木樓合唱團邀請你寫一系列組詩，經多
位作曲家譜曲，在中山堂首演時，我去了，聽見舞台上閃閃發
光的你。想像中〈小琉球〉或該更輕快些，更甜一些，才跟得
上你詩行中那「一支高速的藍色的箭」，但綿密的鋼琴和吟詠
不斷湧來，一道又一道長長的前往耳邊的浪。另次華山演山，
我拉著亦絢一起去聽，你且一人二役，又唱又彈。四處巡迴表
演是你日常的節目。練唱練彈也是你生活的裝備。那麼，當
你寫詩，你如何感受歌的影響？你的詩，不與你的同代人彈同
調，是因為雲端上「來來去去的大師」？讓我來猜猜他們的名
字吧，你的精靈透露了莎士比亞，你的引言且有谷川俊太郎，
可還有其他女士、先生？

我們居住的城市，離休眠的活火山群不遠──有時我覺得你也
像活火山。大概只是認識你不久（六年前的事了……），你便

以〈初冬〉等詩使我驚豔：充滿象徵詩魅力，美的企圖如此專注，且很快就不滿足單一種敘述聲音。常常一個夜晚，你可以噴發許多質量兼具的字。那時你喜歡把詩寫得很長，該是肺活量很好吧。收入《mini me》的，有些還保留原狀，有些卻削短，如此「溫柔縮小之事」，是否正因為你說，「我也在長大」？

最後再談一下《TABOULÉ》。我喜歡導演把場景設於天台。一道垂直梯子能通往的天台，略高於城市，是兩個人與塵世相連，卻又不被打擾的獨立空間。我感覺你的詩也有類似氣質：一隻有聲音流出的水龍頭、一道載負著未知疼痛的橋、一個門被反鎖的房間、一趟假裝返回的旅程……暫時，把（需要被拯救卻無能拯救的）世界關在外面。在那親密的說話中，mini me 開始轉動。

V   陳柏煜 → 孫梓評

（終於來到最後一信了，歡迎來到月球背面。

在那裡，「來自地球的電波干擾會被遮蔽，學者建議在月球背面安置一架大功率電波望遠鏡。」（維基百科）；那裡，「密密麻麻擠滿神祇／以及祂們在後台排隊的椅子」，「背光的我

蹲著吃石頭」。

寫詩的時候，無論身處何處，我都感到自己隔離在一具電梯中（不壓迫，有舒適的親密感），像個小外星人，在月球的背面想像地球的樣子，薄薄的大氣層裹著它：“mine me”是一張想像的寫真。）

-5

這原先是我寫第一信時假想的目的地。沒有告訴你，你卻不約而同走到置高處，把我想說的講去，就像有人要深呼吸、預備揭曉答案時，把他眼前那份空氣偷走，真是壞透了。不過我還是開心的，並且打開許多水龍頭慶祝，因為我喜歡你的天台，（厭惡自己像衛斯理，走投無路時就遇到外星人），我喜歡它「略高於城市」。

我想是的，就算再天兵，天上一日地上十年，我也勢必以某種速度長大著。我感謝你暗示我是陽明，但實況更逼近伍佰〈火山〉：「讓你緊張、非常囂張、岩漿快要滿滿滿滿了出來。」然而亂噴的火山是不道德的，再怎麼會，最好還是問問天空的意見；更何況，還可能粗手粗腳壓垮了美麗的龐貝寶貝。現在的我，並沒有比較短也不會比較長，畢竟人長大了，開始能掌握場合以及理想的深度。如果可以，我希望岩漿能夠像神奇的光束，不驚動其他，直達奇異點。

我的公車就要進站，沒時間解釋了，既然你也沒有空間抗議，就讓我偷懶地掠過歌的問題吧。

至於大師們，我滿懷敬意，因此仍要妥善交代。那些來來去去的大師，就像月亮背後密密麻麻的神祇，列出來得像電影映後長長的演職員表，我很想將他們列出來，可惜無法播放好聽的配樂，因此我想還是趁早停手好了。（我對圈內人的雷達有足夠的信心，就讓他們來發現：希尼、特朗斯特羅默、辛波絲卡、阿多尼斯……。）唯一要多提的是莎士比亞。寫詩的人都應該好好地讀莎士比亞。他的音樂性、想像力是如此靈活，卻一點都不妨礙內在邏輯的絲絲入扣。

最後要十二萬分的感謝你，寫了如此耐讀的信，鼓勵我那為數不多、卻個個聰明可愛的讀者來到這裡。就讓我從《仲夏夜之夢》，召喚精靈帕克替我收場吧：

「先生女士們，別苛責呀。若承蒙您原諒，我會補償一切。……所以，晚安了各位。若我們是朋友，就請替我鼓鼓掌，精靈帕克在此補償賠罪。」

AKP0289

陳柏煜詩集 mini me

作　　者──陳柏煜
執行主編──羅珊珊
校　　對──羅珊珊、陳柏煜
美術設計──張溥輝
行銷企劃──王小樨

編輯總監──蘇清霖
董 事 長──趙政岷
出 版 者──時報文化出版企業股份有限公司
　　　　　108019臺北市和平西路3段240號4樓
　　　　　發行專線──（02）2306-6842
　　　　　讀者服務專線──0800-231-705・（02）2304-7103
　　　　　讀者服務傳真──（02）2304-6858
　　　　　郵撥──19344724時報文化出版公司
　　　　　信箱──10899臺北華江橋郵局第99信箱
時報悅讀網──http://www.readingtimes.com.tw
思潮線臉書──http://www.facebook.com/readingtimes.2
法律顧問──理律法律事務所　陳長文律師、李念祖律師
印　　刷──家佑印刷有限公司
初版一刷──2019年9月12日
初版二刷──2022年10月28日
定　　價──新臺幣320元
（缺頁或破損的書，請寄回更換）

時報文化出版公司成立於一九七五年，
一九九九年股票上櫃公開發行，二〇〇八年脫離中時集團非屬旺中，
以「尊重智慧與創意的文化事業」為信念。

陳柏煜詩集mini me / 陳柏煜著. -- 初版. -- 臺北市：
時報文化 2019.09
　　面；　公分

　　ISBN 978-957-13-7930-2 (平裝)

863.51　　　　　　　　　　　　　108013527

ISBN 978-957-13-7930-2
Printed in Taiwan